UNE FAMILLE EN GUERRE

1 - LE PAYS PERDU

SCÉNARIO
STÉPHANE PIATZSZEK

DESSIN
ESPÉ

COULEURS
ARETHA BATTISTUTTA

Glénat

Un grand merci à Séverine Schlumberger
pour le temps passé avec elle et son chien
à arpenter leur magnifique domaine viticole
et un vif merci à Thierry, de l'association l'esprit BD,
pour ses photos et sa gentillesse.
- S -

www.glenat.com

Couvent Sainte-Cécile - 37 rue Servan - 38000 Grenoble.

Dépôt légal : mai 2019.
ISBN : 978-2-344-03063-9 / 001.
Achevé d'imprimer en France en mai 2019 par Pollina - 89062,
sur papier provenant de forêts gérées de manière durable.

PEFC 10-31-2065 / Certifié PEFC / pefc-france.org

MULHOUSE, AUJOURD'HUI.
JE NE CONNAISSAIS PAS CE QUARTIER DE MULHOUSE, L'ANCIEN QUARTIER DE LA GRANDE BOURGEOISIE TEXTILE DE LA RÉGION...
DERRIÈRE LES GRANDS ARBRES MULTICENTENAIRES, ON DEVINE DE VASTES VILLAS, MOINS DÉCRÉPITES QU'ON POURRAIT LE CROIRE...
TOUS CES ARBRES !
ON SE CROIRAIT MARCHER À L'ORÉE D'UNE FORÊT !
CLINIQUE
St
MORAND
LE REBBERG EST UNE BELLE ENDORMIE, DEPUIS LA FIN DU XIXe, OUBLIÉE DU MONDE...
EN TOUT CAS, J'AI BIEN CHOISI L'ENDROIT...
... SI LOIN, SI PROCHE DE MON TRAVAIL À BÂLE POUR UN GRAND GROUPE PHARMACEUTIQUE SUISSE...
C'EST DONC ICI QUE JE VAIS PASSER MA SEMAINE DE VACANCES...

DANS SIX JOURS C'EST NOËL... ET JE SUIS À DEUX MAILS DU BURN OUT.
D'HABITUDE, JE VAIS PASSER QUELQUES SEMAINES À L'ABBAYE NOTRE-DAME D'OELENBERG, ET JE LÂCHE MON ORDI, MON TÉLÉPHONE ET... LE RESTE.
MAIS LÀ, LES TRAPPISTES M'ONT FAIT DIRE QU'ILS PRÉPARAIENT NOËL ET QU'IL N'Y AVAIT PLUS DE PLACE POUR MOI...
SEPT JOURS DE DIÈTE. À PARTIR DE MAINTENANT.
SEPT JOURS POUR ME DÉFAIRE DE SALES HABITUDES...
LE GHB OU LA 3MMC, ÇA VOUS DIT QUELQUE CHOSE ? DES DROGUES DE SYNTHÈSE QU'ON GOBE EN BOÎTE POUR DANSER TOUTE LA NUIT ET DRAGUER COMME UN FOU... MOI, J'AI COMMENCÉ À EN PRENDRE POUR BOSSER UN MAX À LA PÉRIODE DE MA VIE LA PLUS CRUCIALE, DU MOINS LA PLUS REDOUTABLE ET IMPITOYABLE.
LE GHB ME PERMET DE ME RÉVEILLER À 7 H DU MAT EN FORME ET DE ME COUCHER EN UNE MINUTE À 2 HEURES DU MAT ET DORMIR CINQ HEURES RÉPARATRICES. LE LENDEMAIN, C'EST LA MÊME ROUTINE.
TOUTES LES HEURES, UN PETIT VERRE. J'AI PLUS DE RÉPONDANT, JE SUIS SOUDAIN PLUS À L'AISE DANS LES LANGUES ÉTRANGÈRES, JE ME TROUVE SYMPATHIQUE, ATTENTIONNÉ ENVERS MON ÉQUIPE, BREF, JE SUIS AU TOP.
SANS GHB, JE SUIS PAS MAUVAIS, AVEC, J'AI LE SENTIMENT QUE JE DÉCHIRE TOUT.
BONNE NUIT, LES PETITS...

PLUS DE GHB, LE SEUL TRUC QUI ME RENVOIE ILLICO PRESTO DANS LES BRAS DE MORPHÉE.
!
AHHHHH !!
BON SANG ! QU'EST-CE QUE C'EST QUE ÇA ?!
DES HALLUCINATIONS LIÉES AU MANQUE ? DÉJÀ ?!
NON, JE N'HALLUCINE PAS...
AHH !!
AHHHHH !!
ÇA S'EST ARRÊTÉ.
OUVERT ...

1 GAMIN EN DIALECTE ALSACIEN, TERME AFFECTUEUX.

POURQUOI VOUS FAITES DES CAUCHEMARS ?
CE N'EST PAS DES CAUCHEMARS EN RÉALITÉ...
C'EST MA VIE ...
VOUS ME RACONTEZ ?
DE TOUTE FAÇON, JE NE DORMIRAI PAS CETTE NUIT...
JE TE RACONTE SI TU BOIS...
PUTAIN, C'EST BON !
ALFRED ENGEL, MON PÈRE, ÉTAIT UN GROS VITICULTEUR PRÈS DE COLMAR...
5.

... MAIS EN CE MOIS DE JUIN 1940, IL POSAIT DES BRIQUES.
ADIEU, MES AMIS, ON SE RETROUVERA APRÈS LA GUERRE ...
SI DIEU LE VEUT !
FLSSH!
KRRRR
CLIC

SI J'ARRÊTE CE BAHUT... JE NE SUIS PAS SÛRE DE POUVOIR REPARTIR...
BONJOUR. CE SONT DES DENRÉES COLLECTÉES CHEZ LES MARAÎCHERS DE LA RÉGION POUR NOURRIR LES PRISONNIERS FRANÇAIS.
PASSEZ.
KRIII
ALLEZ, COURAGE, TITINE !
VOUS AVEZ VU MON FRÈRE ?
ANTOINE ENGEL DE COLMAR ?
CONNAIS PAS.
PAUL ?
HENRI !
7.

C'EST BON DE TE VOIR, BON SANG !
TU AS VU ANTOINE ?
IL ÉTAIT DANS LE TRAIN AVEC MOI...
ILS NOUS ONT SÉPARÉS À LA GARE...
JE CROIS QU'ILS L'ONT ENVOYÉ DANS LA CASERNE DE NEUF-BRISACH.
KRRR.

ON NE PASSE PAS.
C'EST QUOI LE PROBLÈME ? ON DISTRIBUE DES VIVRES CHAQUE SEMAINE DANS LES CASERNES DE COLMAR ET MULHOUSE.
ICI, C'EST INTERDIT.
LES VAINCUS DOIVENT AUSSI MOURIR DE FAIM ?!
MERCI. NOUS PARTONS...
DIRE QU'IL EST LÀ, À QUELQUES DIZAINES DE MÈTRES !
ON TROUVERA UN AUTRE MOYEN, FINA.
ILS RELÈVENT LA GARDE...
LES ORDRES DU COMMANDANT SERONT LES MÊMES POUR TOUS.
J'AI UNE IDÉE.
UNE HEURE PLUS TARD.
C'EST FOU CE QU'ON PEUT FAIRE AVEC UN PEU DE PEINTURE ROUGE.

J'Y CROYAIS VRAIMENT CETTE FOIS.
ALLONS, FINA : PAUL N'A PAS RÊVÉ.
TON FRÈRE EST ICI, EN ALSACE. ON VA LE RETROUVER.
JE TE LE PROMETS !
CRRR...
CRRR...
TAP !
TAP !
TAP !
PFFF...
JE SENS QU'ON VA FAIRE UN SCHNAPS DU TONNERRE CETTE ANNÉE !
LE DERNIER. APRÈS, J'ARRÊTE !
J'AI LA TÊTE COMME UN TAMBOUR, PAPA !
DE QUOI TU TE PLAINS ? C'EST LA MEILLEURE ODEUR DU MONDE !
QUAND J'AVAIS TON ÂGE, JE SUPPLIAIS MON PÈRE POUR Y ENTRER !
10.

(2) GAMIN EN DIALECTE ALSACIEN.
(3) DIMINUTIF AFFECTUEUX DE FRANÇOIS EN ALSACIEN.

(4) APPLIQUÉE SUR UNE FEUILLE DE PAPIER, LA FLEUR DE SOUFRE DÉGAGEAIT EN BRÛLANT UN GAZ DÉSINFECTANT À L'INTÉRIEUR DU FÛT. ELLE EMPÊCHAIT ÉGALEMENT L'OXYDATION DU VIN. C'ÉTAIT L'ASPIRINE DE LA VIGNE.

ANTOINE !
TU ES BLESSÉ ?
NON.
JE T'AI CHERCHÉ PARTOUT !
COMMENT TU ES ARRIVÉ JUSQU'ICI ?
Engel und Söhne
ILS ONT LIBÉRÉ TOUS LES PRISONNIERS ALSACIENS...
Engel und Söhne
TU REGARDES CE PANNEAU ?
PAPA A CACHÉ L'ANCIEN...
IL N'A PAS EU LE CŒUR DE LE JETER. LES BOCHES NOUS ONT OBLIGÉS...
RIEN DE CE QUI EST FRANÇAIS NE DOIT SUBSISTER.
JE M'EN FOUS, FINA: C'EST PAS LA FRANCE, C'EST PAS L'ALLEMAGNE QUI VOUS A NOURRIS, C'EST CE DOMAINE, C'EST NOTRE VIN !
BIEN SÛR, ANTOINE, MAIS ...
OÙ EST PAPA ?
13.

Engel & Fils
TU REGARDES MES TRÉSORS ?
PRESQUE RIEN N'A CHANGÉ.
TOUT EST DANS LE "PRESQUE"...
C'EST LE RIESLING DE L'ANNÉE.
C'EST UN BON VIN, ÉPAIS...
IL LAISSE QUELQUE CHOSE DERRIÈRE.
TU NOUS AS MANQUÉ, FILS !
COMMENT ÇA S'EST PASSÉ ?
14

JUSQU'AU BOUT, ON A ESPÉRÉ EMBARQUER POUR L'ANGLETERRE... IL N'Y AVAIT PAS ASSEZ DE BATEAUX POUR TOUT LE MONDE. ALORS ILS NOUS ONT LAISSÉS LÀ.
ON EST RESTÉS SUR LA PLAGE, LONGTEMPS AVANT QUE LES BOCHES ARRIVENT...
LA MER, JE NE VEUX PLUS JAMAIS LA VOIR !
LAISSONS-LE UN PEU SEUL...

LYCÉE BARTHOLDI DE COLMAR.
ALLONS, MESSIEURS, ON SE DÉPÊCHE, JE VOUS PRIE !
HEIL HITLER !
HEIL HITLER !
QUAND, IL Y A QUATRE MOIS, LES FRANÇAIS M'ONT EXPULSÉ D'ALSACE, JE NE PENSAIS PAS AVOIR LA GRANDE JOIE DE REVENIR SI VITE DEVANT VOUS NI SURTOUT DE VOIR MON PAYS NATAL RÉINTÉGRER NOTRE PATRIE, L'ALLEMAGNE.
NOUS SOMMES FRANÇAIS, MONSIEUR !
VOUS AVEZ LA MÉMOIRE COURTE, ENGEL, MAIS C'EST NORMAL VU VOTRE ÂGE.
VOUS ÊTES EN RÉALITÉ À PEINE FRANÇAIS, MAIS PERSONNE N'A DAIGNÉ VOUS L'APPRENDRE. L'ALSACE ET LA FRANCE, ÇA N'A JAMAIS ÉTÉ UNE PARFAITE HISTOIRE D'AMOUR.
ON A ÉTÉ RATTACHÉS À LA FRANCE PAR LOUIS XIV SOUS LA MENACE DES CANONS ET CE FUT UNE CONQUÊTE SANGLANTE, CROYEZ-MOI !
LES FRANÇAIS ONT PILLÉ, VIOLÉ, ASSASSINÉ EN ALSACE. NOUS ÉTIONS TRANQUILLES SOUS L'EMPIRE LOINTAIN DE L'EMPEREUR GERMANIQUE... LES FRANÇAIS NOUS ONT SOUMIS.
AUJOURD'HUI, TOUTES NOS VILLES ALSACIENNES ONT UNE RUE À LA GLOIRE DE TURENNE !
LUI, L'EXÉCUTEUR DES BASSES OEUVRES DE LOUIS XIV ! IL A MASSACRÉ TANT D'ALSACIENS !
LE SANG GERMANIQUE EST ENCORE FORT EN VOUS, SENTEZ-LE ! SENTEZ-LE ET VOUS SERVIREZ COMME PERSONNE D'AUTRE AVANT VOUS LE NATIONAL-SOCIALISME !

ENGEL, ATTENDEZ JE VOUS PRIE.
VOUS SAVEZ QUE LE SALUT NAZI EN DÉBUT DE CLASSE EST OBLIGATOIRE.
ENGEL, TON NOM MÊME EST ALLEMAND !
JE SUIS NÉ FRANÇAIS, MONSIEUR, ET J'AI TOUJOURS VÉCU EN FRANCE.
COMME VOUS, MONSIEUR...
TU NE MANQUES PAS DE COURAGE POUR PARLER AINSI, ENGEL, ET J'APPRÉCIE LE COURAGE.
... MAIS TU AS BIEN ÉVIDEMMENT TORT : JE SUIS NÉ EN 1894, QUAND L'ALSACE ÉTAIT ALLEMANDE ET CECI EST MON LIVRET MILITAIRE DE LA PREMIÈRE GUERRE. COMME TU PEUX LE LIRE, J'AI ÉTÉ OFFICIER DANS L'ARMÉE ALLEMANDE. JE ME SUIS BATTU POUR MON PAYS !

(5) JE SUIS D'ACCORD POUR LE RETOUR DE MON PAYS AU SEIN DU REICH... JE SUIS PRÊT À ME METTRE AU SERVICE ACTIF DU FÜHRER ET DE LA GRANDE ALLEMAGNE NATIONALE-SOCIALISTE, ET CELA DANS MA PROFESSION ET EN DEHORS DE MA PROFESSION.

18.

SIGNE, ON N'A PAS LE CHOIX. ÇA NE SIGNIFIE RIEN, CE PAPIER.
JE NE SUIS PAS D'ACCORD. ILS SE SONT DÉBARRASSÉS DE TOUTES LES INSTANCES OFFICIELLES PRÉSENTES SUR LE TERRAIN POUR LES REMPLACER AUSSITÔT PAR DES RESPONSABLES NAZIS.
TOUT VA SI VITE QUE LE 17 JUIN 1940, LA VEILLE DE L'ARMISTICE, COLMAR ÉTAIT OFFICIELLEMENT REBAPTISÉE KOLMAR.
ILS VEULENT EFFACER HYSTÉRIQUEMENT TOUT SIGNE FRANÇAIS. IL FAUT FAIRE COMME SI NOTRE RÉGION N'ÉTAIT JAMAIS REDEVENUE FRANÇAISE ENTRE 19 ET 39.
... MAIS JE ME SENS FRANÇAISE, MOI !!!
VRRRR
VRRRR
VRRRR
CRAK !
KLANG!
KLANG!

TU ES COMPLÈTEMENT FOLLE !!!
Engel und Söhne
Engel und Söhne

6 JOSEPH ROSSÉ, HOMME POLITIQUE, DÉPUTÉ DE COLMAR, CHANTRE DU MOUVEMENT AUTONOMISTE ALSACIEN. COLLABORATEUR, IL OCCUPE DES FONCTIONS RELATIVEMENT MINEURES DANS L'APPAREIL NAZI.

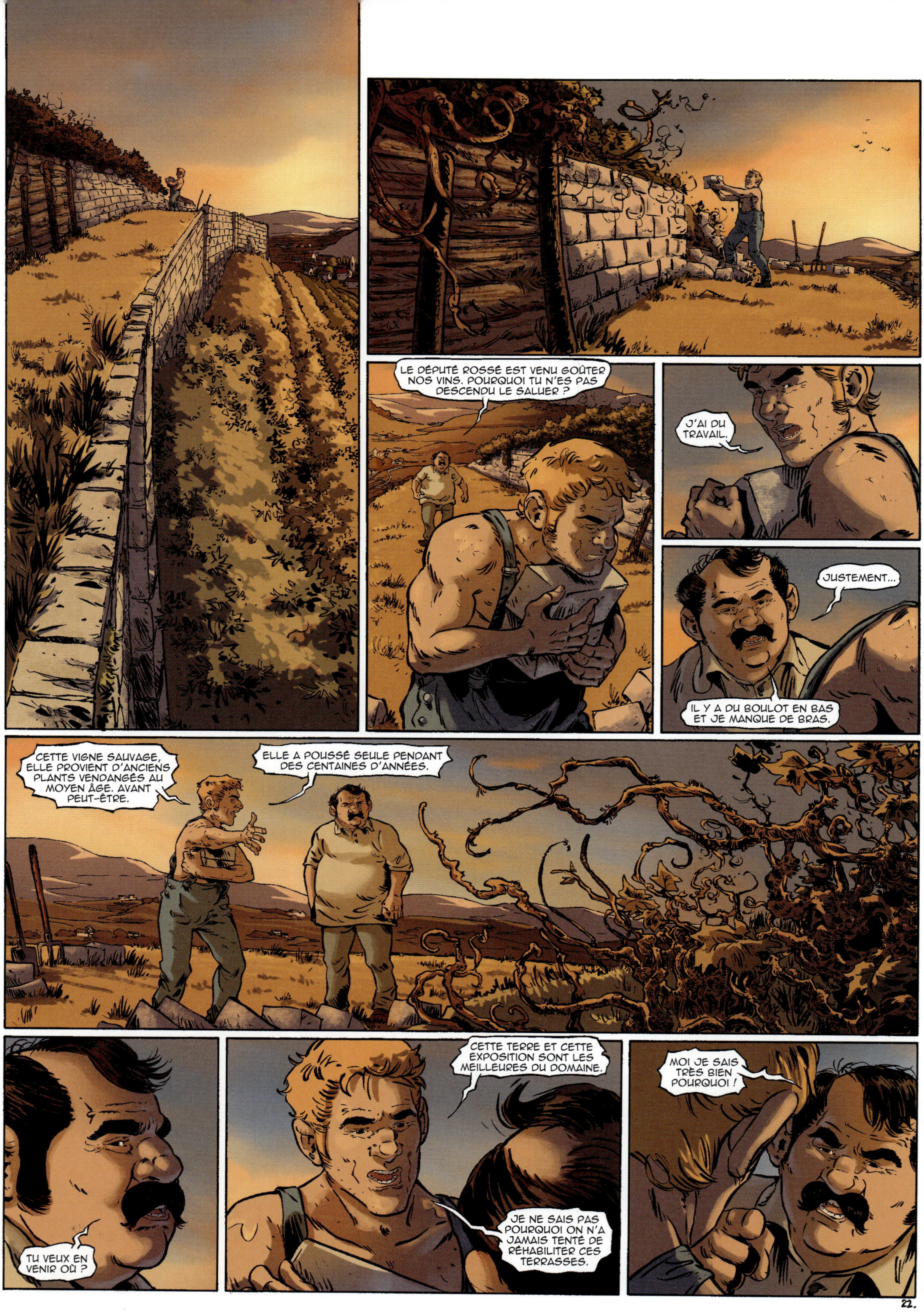
LE DÉPUTÉ ROSSÉ EST VENU GOÛTER NOS VINS. POURQUOI TU N'ES PAS DESCENDU LE SALUER ?
J'AI DU TRAVAIL.
JUSTEMENT...
IL Y A DU BOULOT EN BAS ET JE MANQUE DE BRAS.
CETTE VIGNE SAUVAGE, ELLE PROVIENT D'ANCIENS PLANTS VENDANGÉS AU MOYEN ÂGE. AVANT PEUT-ÊTRE.
ELLE A POUSSÉ SEULE PENDANT DES CENTAINES D'ANNÉES.
TU VEUX EN VENIR OÙ ?
CETTE TERRE ET CETTE EXPOSITION SONT LES MEILLEURES DU DOMAINE.
JE NE SAIS PAS POURQUOI ON N'A JAMAIS TENTÉ DE RÉHABILITER CES TERRASSES.
MOI JE SAIS TRÈS BIEN POURQUOI !
22.

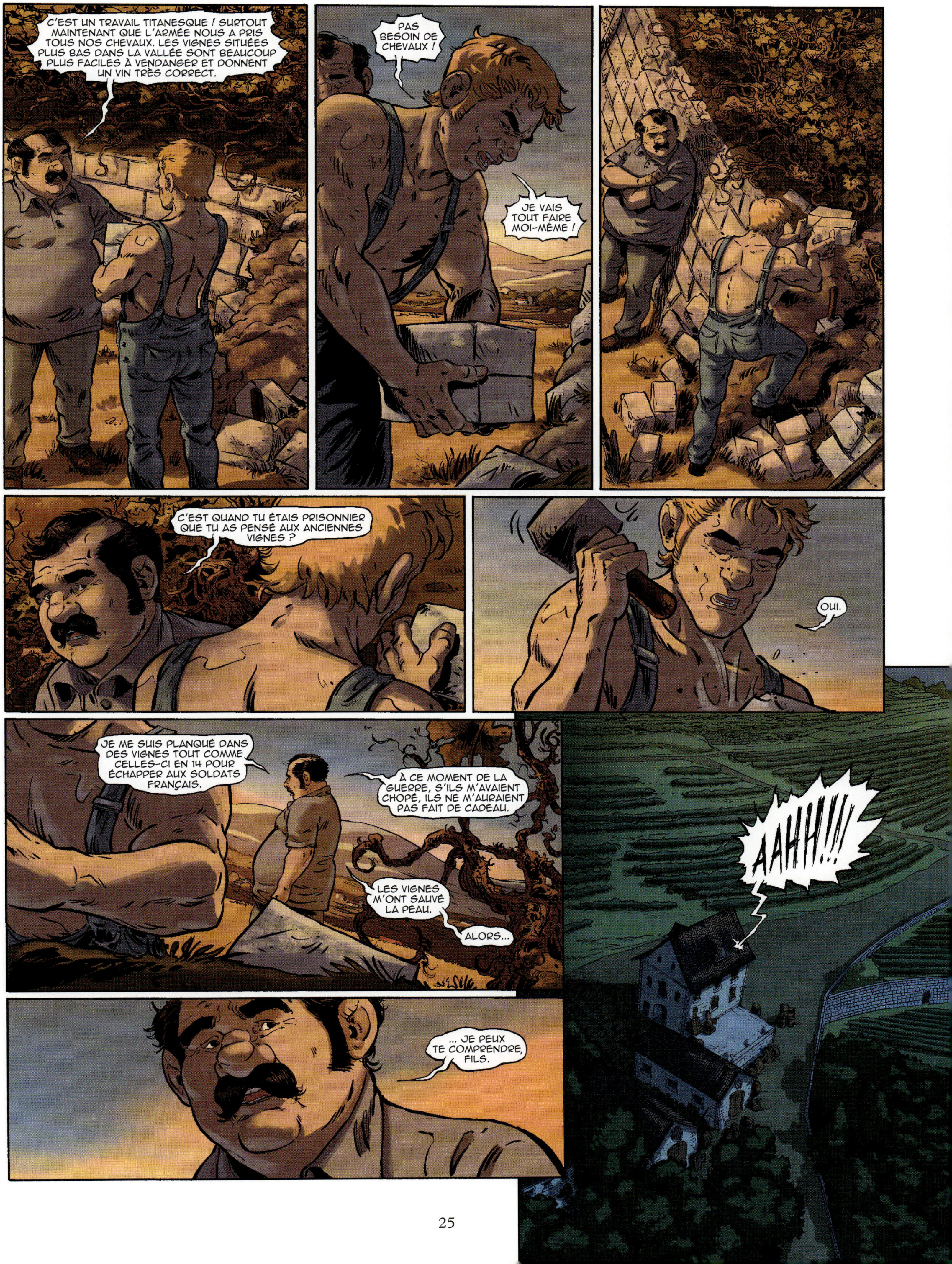
C'EST UN TRAVAIL TITANESQUE ! SURTOUT MAINTENANT QUE L'ARMÉE NOUS A PRIS TOUS NOS CHEVAUX. LES VIGNES SITUÉES PLUS BAS DANS LA VALLÉE SONT BEAUCOUP PLUS FACILES À VENDANGER ET DONNENT UN VIN TRÈS CORRECT.
PAS BESOIN DE CHEVAUX !
JE VAIS TOUT FAIRE MOI-MÊME !
C'EST QUAND TU ÉTAIS PRISONNIER QUE TU AS PENSÉ AUX ANCIENNES VIGNES ?
OUI.
JE ME SUIS PLANQUÉ DANS DES VIGNES TOUT COMME CELLES-CI EN 14 POUR ÉCHAPPER AUX SOLDATS FRANÇAIS.
À CE MOMENT DE LA GUERRE, S'ILS M'AVAIENT CHOPÉ, ILS NE M'AURAIENT PAS FAIT DE CADEAU.
LES VIGNES M'ONT SAUVÉ LA PEAU.
ALORS...
... JE PEUX TE COMPRENDRE, FILS.
AAHH!!!!

AHHH!!
AHHHH!!
ANTOINE ?!
AHH!!
ANTOINE ! RÉVEILLE-TOI !
TU AS FAIT UN CAUCHEMAR.
TOUT VA BIEN. TU ES À LA MAISON.
LA... LA MAISON... OUI...
TU PARS DÉJÀ AU LYCÉE ?
NON, ON VA FAIRE UNE TOURNÉE POUR APPORTER DES VIVRES AUX PRISONNIERS.
MALGRÉ CE QUE CROIT ANTOINE, DES ALSACIENS SONT ENCORE EN CAMP.
JE VAIS TE DONNER DU VIN...

ON PEUT QUITTER LA CASERNE SANS PROBLÈME, MAIS DEHORS, ON SE FERA PRENDRE.
ON DOIT REJOINDRE LA FRANCE LIBRE. VOUS POUVEZ NOUS AIDER À TRAVERSER LES VOSGES ?
ILS ONT RAISON : CES CAMPS SONT DE VÉRITABLES PASSOIRES.
LES NAZIS N'ONT PAS ENCORE EU LE TEMPS DE GÉRER LE FLUX MONSTRUEUX DES PRISONNIERS, TOUT SIMPLEMENT PARCE QUE MALGRÉ LEUR GÉNIAL FÜHRER, ILS ÉTAIENT LOIN D'IMAGINER QUE NOTRE GLORIEUSE ARMÉE S'ÉCROULERAIT EN SI PEU DE TEMPS.
ON DOIT LES AIDER.
LES NAZIS ?
IDIOT !
ON EST LÀ POUR AIDER, FINA, PAS POUR DEVENIR DES CRIMINELS.
TU VEUX VRAIMENT PRENDRE LE RISQUE DE TOUT PERDRE ?
TON BOULOT, TA FAMILLE, TA LIBERTÉ... TA VIE ?
QU'EST-CE QUE VOUS DITES, MONSIEUR ENGEL ?
sales vautours...

7 NOM DE DIEU ! MERDE ! EN DIALECTE ALSACIEN.

26.

27.

8 DÈS LEUR ARRIVÉE, LES NAZIS ONT IMPOSÉ LE MARK À L'ALSACE. À PARTIR DU 1ER MAI 1941, IL DEVIENDRA LA SEULE MONNAIE LÉGALE. LE SYSTÈME FINANCIER MIS EN PLACE A FONCTION D'APPAUVRIR LA RÉGION EN INSTITUANT UN TAUX DU MARK TRÈS ÉLEVÉ PAR RAPPORT AU FRANC. L'ALSACE OCCUPÉE ÉTAIT DONC LIVRÉE À UN VASTE PILLAGE EN RÈGLE QUI, MALGRÉ TOUT, GARDAIT HYPOCRITEMENT UNE FORME LÉGALE.

ILS NOUS EXPULSENT, MONSIEUR ENGEL. J'Y PEUX RIEN.
MAIS POURQUOI, BON DIEU ?!
QU'EST-CE QUE TU AS FAIT ?!
LES ALLEMANDS NE VEULENT PLUS DE JUIFS EN ALSACE. ON DOIT ALLER EN FRANCE.
JE VOULAIS VOUS DEMANDER SI ON PEUT LAISSER NOS MEUBLES CHEZ VOUS. ON N'A LE DROIT D'EMPORTER QUE 2000 FRANCS ET 40 KILOS DE BAGAGES.
LOUIS, ÉVIDEMMENT QUE JE VAIS PRENDRE SOIN DE TES AFFAIRES, MAIS JE PEUX SURTOUT VOUS CACHER, TOI ET TOUTE TA FAMILLE.
ON VOUS TROUVERA UN ENDROIT SUR LE DOMAINE OÙ VOUS N'AUREZ RIEN À CRAINDRE.
MERCI PATRON, MAIS JE NE VEUX PAS QUE MES GOSSES VIVENT CACHÉS, COMME DES VOLEURS. JE N'AI RIEN FAIT, JE N'IRAI PAS EN PRISON, MÊME SI C'EST CHEZ VOUS, MONSIEUR ENGEL.
... IL EST PARTI À LA GARE, REJOINDRE LES DERNIERS JUIFS QUI SONT ENCORE À COLMAR.
JE SUIS DÉSOLÉ POUR WALCH...
MAIS LES ALLEMANDS NE FONT QUE NOUS RENDRE LA MONNAIE DE NOTRE PIÈCE.
QU'EST-CE QUE TU VEUX DIRE ?!
EN 18, L'ALSACE EST REVENUE À LA FRANCE, LES SBIRES DE CLEMENCEAU NOUS ONT TROUVÉS TROP ALLEMANDS À LEUR GOÛT. ILS ONT PILLÉ L'ALSACE !
UNE ADMINISTRATION COLONIALE S'EST INSTALLÉE. DES ALSACIENS ONT ÉTÉ EXPULSÉS PARCE QU'ILS SONT NÉS EN ALLEMAGNE.
CEUX QUI ÉTAIENT CONSIDÉRÉS PAS ASSEZ FRANÇAIS, ILS ONT DÛ PARTIR... AVEC LE DROIT D'EMPORTER 30 KILOS D'AFFAIRES ET 2000 MARKS.
28

9 MA PETITE FILLE, TERME AFFECTUEUX EN DIALECTE ALSACIEN.
10 L'ALSACE FUT FRANÇAISE JUSQU'EN 1871 PUIS ALLEMANDE JUSQU'EN 1918, PUIS DE NOUVEAU FRANÇAISE AVANT D'ÊTRE INTÉGRÉE AU REICH ALLEMAND EN 1940.

AIDEZ-MOI !
... JE DOIS PASSER EN FRANCE, JE SUIS FOUTU ICI. S'ILS ME RATTRAPENT, JE SUIS MORT. IL ME FAUT UN PASSEUR.
ANTOINE, CET HOMME VIENT DE S'ÉCHAPPER D'UN CAMP PRÈS DE LA FRONTIÈRE.
IL DEMANDE NOTRE AIDE. QUE PEUT...
SORS D'ICI !
ATTENDS, T'AS PAS COMPRIS: JE SUIS UN FILS DU PAYS, COMME TOI !
J'AI TRÈS BIEN COMPRIS AU CONTRAIRE !!!
...

COMMENT AS-TU OSÉ FAIRE ÇA À UN HOMME QUE J'AI ACCUEILLI CHEZ MOI ?!!!
JE NE VEUX PAS TE MANQUER DE RESPECT, PAPA ...
MAIS JE T'INTERDIS À L'AVENIR D'AIDER CET HOMME OU UN AUTRE COMME LUI.
TU M'INTERDIS ?!!
LA GUERRE T'A DÉCIDÉMENT RETOURNÉ LE CERVEAU !!!
PEUT-ÊTRE ...
MAIS SURVEILLE LA ROUTE.
DES PHARES ...
DEUX VOITURES ARRIVENT.
LA GESTAPO ...
VOTRE "PRISONNIER" ÉTAIT UN AGENT PROVOCATEUR QUI VOUS A FAIT LE COUP LE PLUS CLASSIQUE DU MONDE.
MAINTENANT, IL VA FALLOIR SE PRÉPARER À LEURS QUESTIONS...
... ET RESTER CALMES.

1) UN CAMP DE CONCENTRATION QUI VIENT DE SE CRÉER TOUT PRÈS DE COLMAR.

PLUS FORT, ENGEL.
HEIL HITLER !
PLUS FORT !!!
HEIL HITLER !!!
LA BONNE ATTITUDE DE VOTRE PÈRE RACHÈTE VOTRE FAMILLE, MADEMOISELLE ENGEL.
ON M'A PARLÉ DE VOUS ET DE VOS MAUVAISES HABITUDES.
DORÉNAVANT, VOUS FEREZ LE SALUT NAZI À VOS ÉLÈVES À CHAQUE DÉBUT DE COURS SANS EXCEPTION.
33

LE LENDEMAIN. DIMANCHE.
LE VENT LÀ-HAUT, C'EST COMME SI ON ÉTAIT SUR UNE AUTRE PLANÈTE.
SEULEMENT, ON N'EST PAS SUR UNE AUTRE PLANÈTE.
TU PENSES À CE QUI S'EST PASSÉ HIER SOIR ?
LES PRISONNIERS FRANÇAIS... JE VAIS LES AIDER.

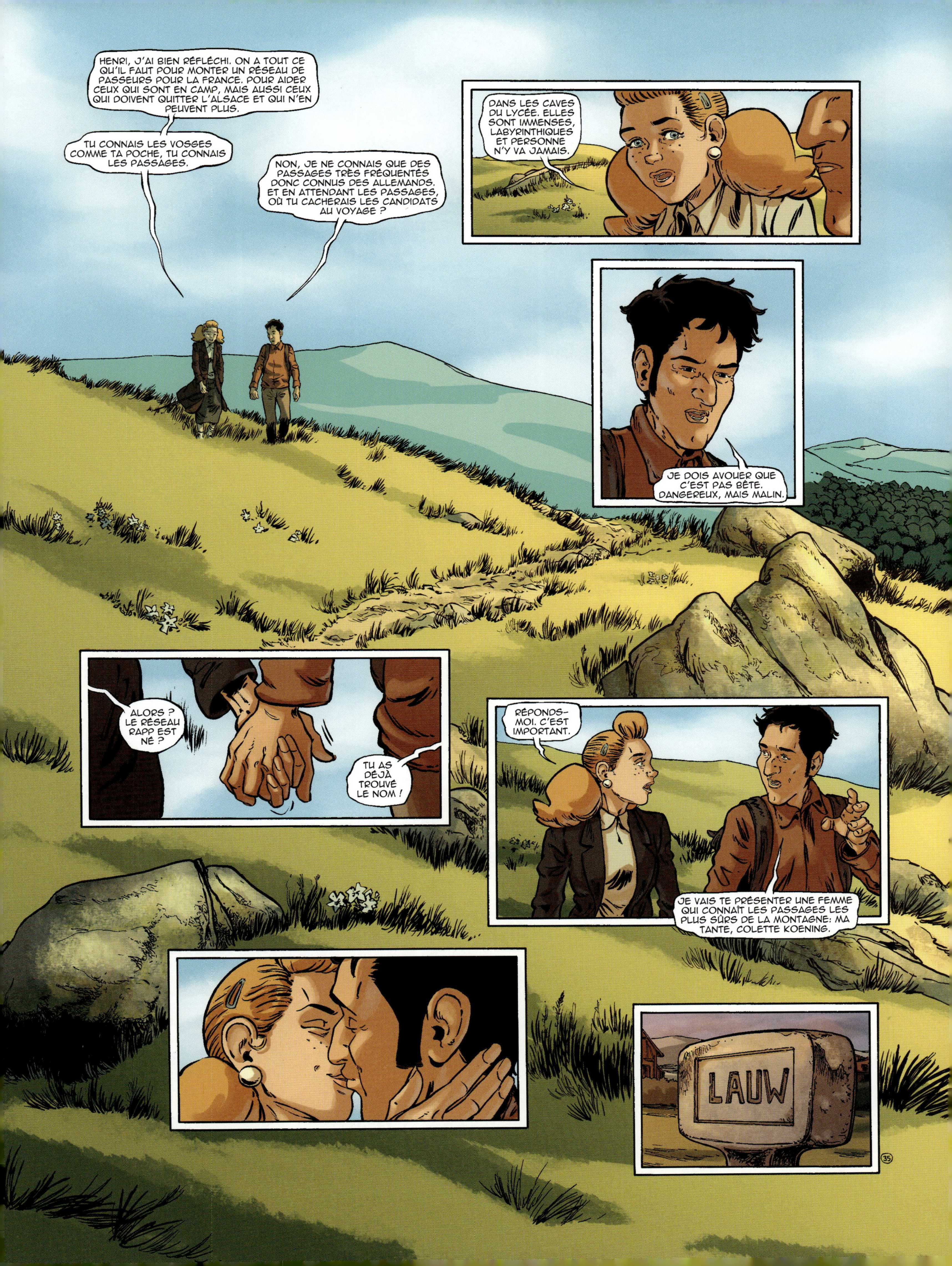
HENRI, J'AI BIEN RÉFLÉCHI. ON A TOUT CE QU'IL FAUT POUR MONTER UN RÉSEAU DE PASSEURS POUR LA FRANCE. POUR AIDER CEUX QUI SONT EN CAMP, MAIS AUSSI CEUX QUI DOIVENT QUITTER L'ALSACE ET QUI N'EN PEUVENT PLUS.
TU CONNAIS LES VOSGES COMME TA POCHE, TU CONNAIS LES PASSAGES.
NON, JE NE CONNAIS QUE DES PASSAGES TRÈS FRÉQUENTÉS DONC CONNUS DES ALLEMANDS. ET EN ATTENDANT LES PASSAGES, OÙ TU CACHERAIS LES CANDIDATS AU VOYAGE ?
DANS LES CAVES DU LYCÉE. ELLES SONT IMMENSES, LABYRINTHIQUES ET PERSONNE N'Y VA JAMAIS.
JE DOIS AVOUER QUE C'EST PAS BÊTE. DANGEREUX, MAIS MALIN.
ALORS ? LE RÉSEAU RAPP EST NÉ ?
TU AS DÉJÀ TROUVÉ LE NOM !
RÉPONDS-MOI. C'EST IMPORTANT.
JE VAIS TE PRÉSENTER UNE FEMME QUI CONNAÎT LES PASSAGES LES PLUS SÛRS DE LA MONTAGNE: MA TANTE, COLETTE KOENING.
LAUW

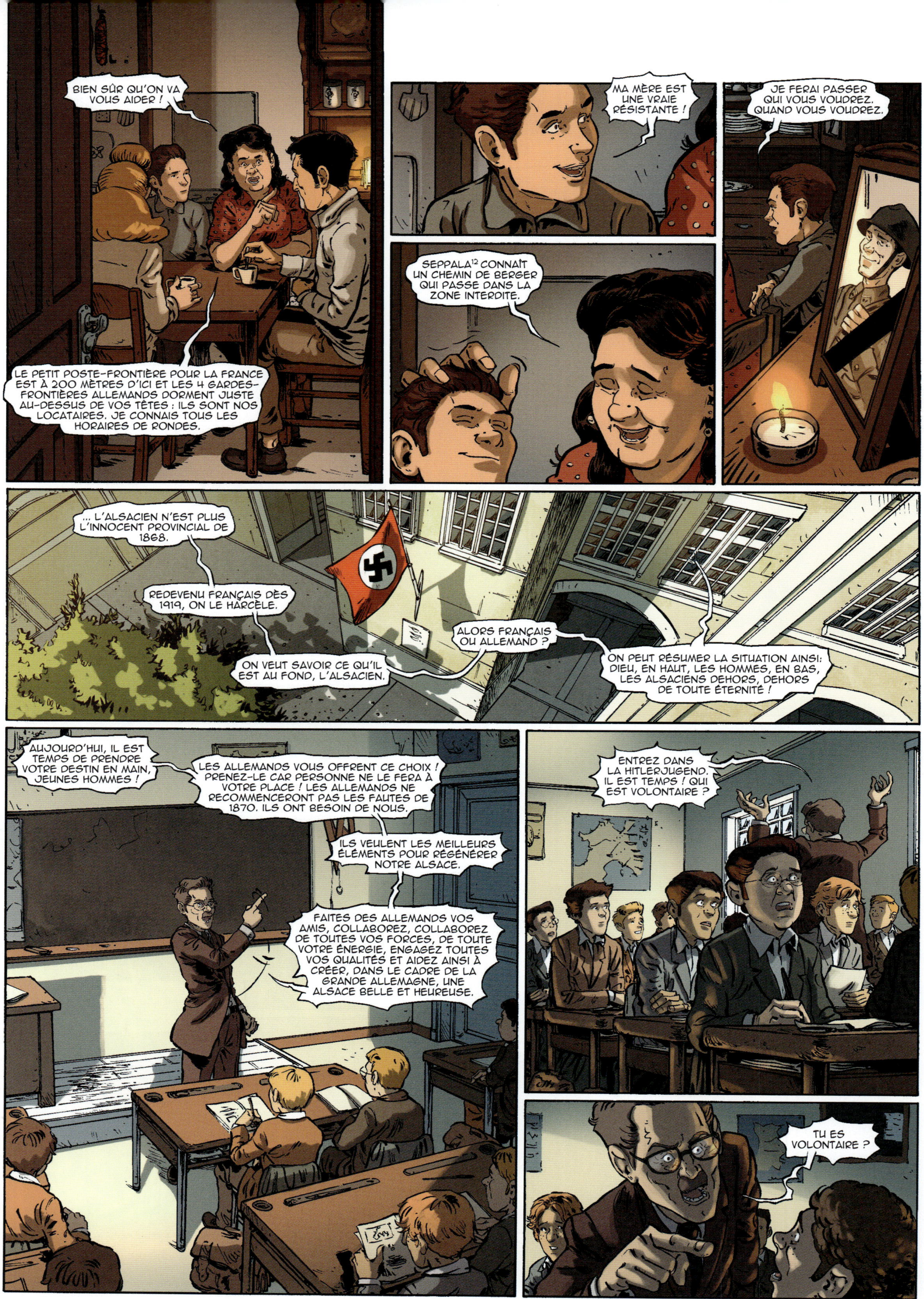

12 DIMINUTIF AFFECTUEUX DE JOSEPH EN DIALECTE ALSACIEN.

... OU ... OUI ...
MOI AUSSI, MONSIEUR.
MOI AUSSI.
ET MOI.
ILS ONT RAISON !!!
BIENTÔT, VOUS N'AUREZ PLUS LE CHOIX ET VOUS DEVREZ TOUS Y ÊTRE. SEULS COMPTERONT CEUX QUI SONT ARRIVÉS LES PREMIERS !
C'EN EST FINI DE VOS PETITS CALCULS CHRÉTIENS : ICI LES PREMIERS SERONT LES PREMIERS !!!
POW
ALORS LE NAIN, HITLER VA T'AIDER MAINTENANT ? ALLEZ, VA RÉCURER TES TONNEAUX !!!

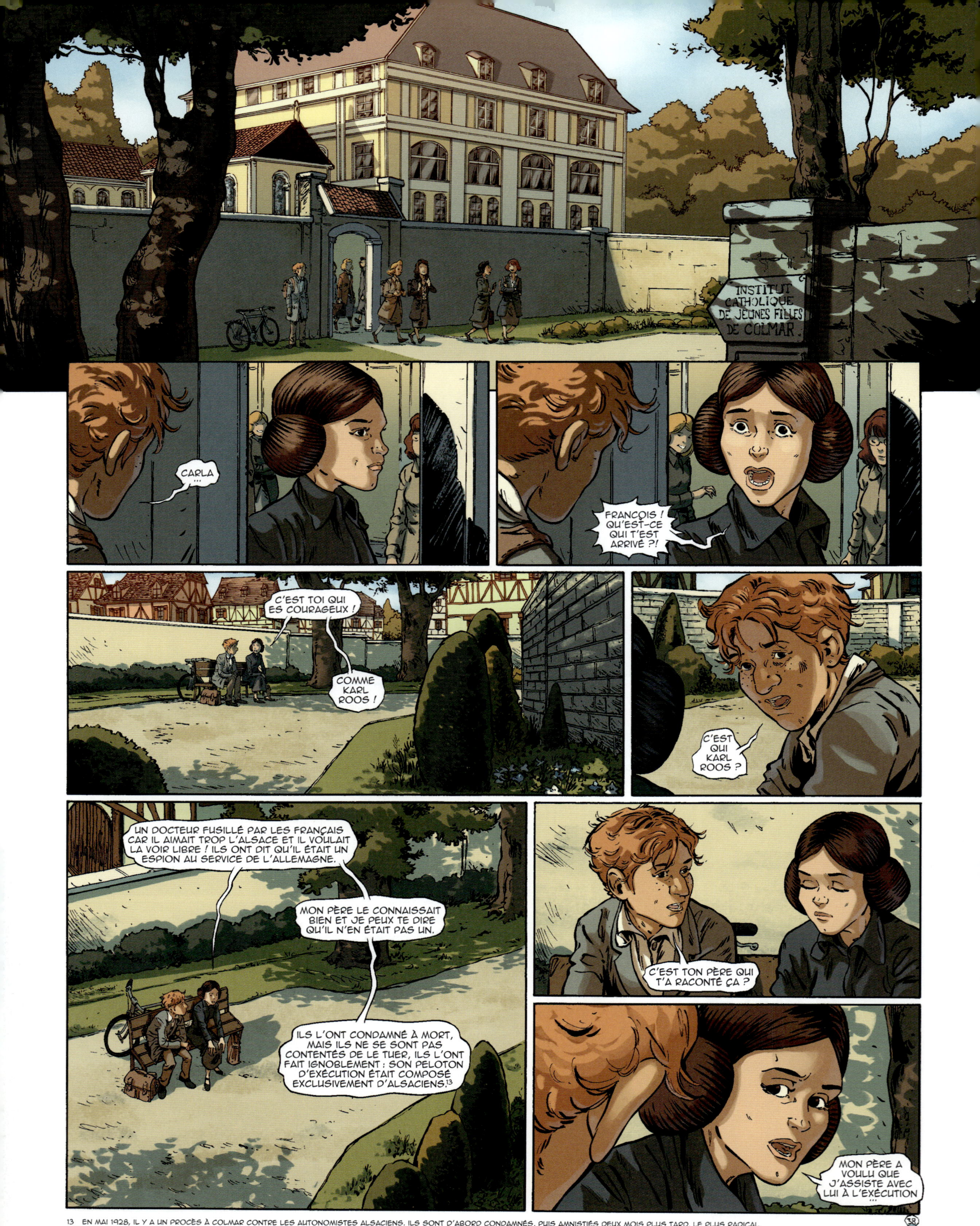

13 EN MAI 1928, IL Y A UN PROCÈS À COLMAR CONTRE LES AUTONOMISTES ALSACIENS. ILS SONT D'ABORD CONDAMNÉS, PUIS AMNISTIÉS DEUX MOIS PLUS TARD. LE PLUS RADICAL, CHARLES ROOS, SE MARGINALISE PEU À PEU, ET DÈS 1933, PREND FAIT ET CAUSE POUR LA VISION "NATIONAL-SOCIALISTE" DU MONDE. IL PERD L'APPUI DES ALSACIENS, EST CONDAMNÉ À MORT POUR ESPIONNAGE AU PROFIT DE L'ENNEMI LE 26 OCTOBRE 1939 À NANCY, ET EXÉCUTÉ EN FÉVRIER 1940.

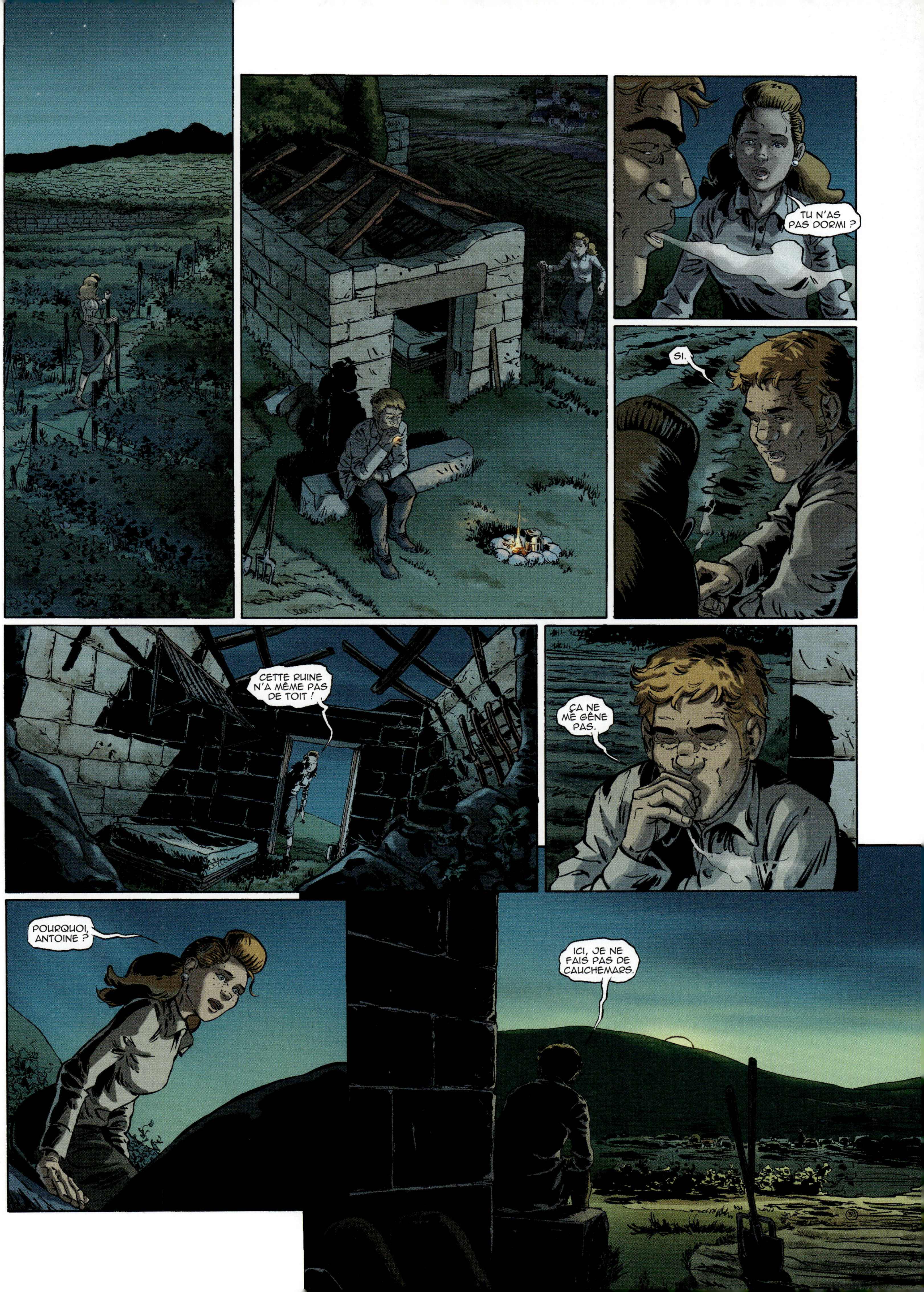
TU N'AS PAS DORMI ?
SI.
CETTE RUINE N'A MÊME PAS DE TOIT !
ÇA NE ME GÊNE PAS.
POURQUOI, ANTOINE ?
ICI, JE NE FAIS PAS DE CAUCHEMARS.
39

QUE VAS-TU PLANTER MAINTENANT ?
DES PIEDS DE RAISIN NOBLES.
À QUOI BON FAIRE DU BON VIN SI LES SOLDATS ACHÈTENT TOUT À VIL PRIX ?
UN JOUR LES ALLEMANDS PERDRONT LA GUERRE ET QUAND CE SERA FINI, DANS 5 MOIS OU DANS 5 ANS, LA FRANCE SERA TOUJOURS VOISINE DE L'ALLEMAGNE.
IL FAUDRA BIEN SE REMETTRE À VIVRE ENSEMBLE. LES ALLEMANDS COMME LES AUTRES ACHÈTERONT NOTRE VIN LE PRIX QU'IL VAUT.
CE SOLDAT QUI N'ÉTAIT EN RÉALITÉ QU'UN SALAUD APPOINTÉ PAR LA GESTAPO... COMMENT TU AS SU ?
JE SAIS COMMENT SE COMPORTE UN HOMME QUI CRÈVE DE FAIM ET DE FROID...
CE TYPE-LÀ N'AVAIT JAMAIS ÉTÉ PRISONNIER.
JE SUIS CONTENTE QUE TU SOIS DE RETOUR.

CERTAINS D'ENTRE VOUS N'ONT PAS ENCORE SIGNÉ LA PROFESSION DE FOI EN FAVEUR DU REICH.
C'EST LEUR DROIT, MAIS C'EST AUSSI MON DEVOIR DE LEUR RAPPELER QU'ILS DEVRONT QUITTER LE LYCÉE S'ILS NE LE FONT PAS.
JE NE SIGNERAI JAMAIS CE DOCUMENT, MONSIEUR LE PROVISEUR.
ELLE Y REPENSERA À DEUX FOIS QUAND ELLE SERA DÉPORTÉE AVEC 40 KILOS DE BAGAGES.
JE PRÉFÈRE MENDIER MA NOURRITURE EN FRANCE QUE DE SIGNER CETTE INFAMIE, HERR BLEICHER !!!
JE SUIS SINCÈREMENT NAVRÉ DE CE QUI VIENT DE SE PASSER, MAIS JE N'AI PAS LE CHOIX.
DONC NOUS SOMMES D'ACCORD ?
TOUS LES AUTRES VONT SIGNER ?
41

ON Y ARRIVERA JAMAIS À DEUX, PATRON.
POURQUOI VOUS VOULEZ PAS DES PRISONNIERS POLONAIS QUE LES ALLEMANDS PROPOSENT ?
C'EST PAS À SOIXANTE ANS QUE JE VAIS COMMENCER UNE CARRIÈRE DANS L'ESCLAVAGE.
NON, PÈRE, JE NE PEUX PAS...
GODVERDAMI ! JE NE TE DEMANDE QUE DE TRAIRE LES VACHES ET DE FAIRE LA RÉCOLTE DU BLÉ !
LE VIN, ÇA NE PEUT SE PRATIQUER QU'À PLEIN TEMPS !
ON DOIT DEVENIR DES SPÉCIALISTES SI ON VEUT TROUVER NOTRE PLACE À LA TABLE DES BOURGUIGNONS ET DES BORDELAIS.
LES ALLEMANDS PRENNENT TOUT CE QU'ILS PEUVENT !
ON EST RATIONNÉS JUSQU'À LA GUEULE !
ET TOI, TU VEUX TE DÉBARRASSER DES VACHES ET DU BLÉ !
ET ON VA MANGER QUOI ? DES PIERRES ?!!!
RESTE DONC SUR TES MAUDITES TERRASSES !!!

BONSOIR PAPA. COMMENT TU ME TROUVES ?
C'EST COMME ÇA QUE LES ALLEMANDS VOUS HABILLENT POUR ALLER À L'ÉCOLE ?
C'EST POUR LA HITLERJUGEND, UNE SORTE D'ÉCOLE, OUI.
UNE ÉCOLE POUR SERVIR DE CHAIR À CANON ?
NON.
POUR DEVENIR LES MEILLEURS.
LES MEILLEURS...
TA MÈRE AUSSI VOULAIT LE MEILLEUR POUR TOI, MAIS J'AVOUE QU'AUJOURD'HUI JE NE SAIS PLUS TRÈS BIEN OÙ ÇA SE TROUVE.
MAMAN N'EST PLUS LÀ...
TU TE SOUVIENS, TU M'ENFERMAIS DANS LA CAVE QUAND J'AVAIS FAIT UNE BÊTISE OU QUAND JE NE VOULAIS PAS TRAVAILLER.
UNE FOIS, J'Y AI PASSÉ TOUTE UNE NUIT.
SI JE POUVAIS...
JE VOUS ENFERMERAIS TOUS DANS LA CAVE LE TEMPS QUE CETTE FOUTUE GUERRE SE TERMINE !
43.

14 LE FÜHRER EST INFAILLIBLE.
15 QUE LA SUEUR VOUS ÉPARGNE LE SANG.

TU AS L'AIR CREVÉ, PAPA.
ÇA VA...
LES PREMIÈRES ANNÉES APRÈS LA MORT DE TA MÈRE, CET ENDROIT M'ÉTAIT INSUPPORTABLE
MAINTENANT J'AIME VENIR ICI CAR C'EST DANS CETTE PIÈCE QUE SON SOUVENIR EST LE PLUS VIVACE.
TA MÈRE TRAVAILLAIT TOUJOURS À CETTE MÊME PLACE.
ELLE AURAIT ÉTÉ TELLEMENT FIÈRE QUE TU DEVIENNES PROFESSEUR COMME ELLE.
LES LIVRES DE MAMAN, ILS ME PROTÈGENT... COMME LA VIGNE PROTÈGE ANTOINE.
TON GRAND FRÈRE M'EMMERDE EN CE MOMENT, MAIS ÇA LUI PASSERA...
JE ME FAIS DU SOUCI POUR FRANÇOIS...
JE CROIS QU'IL EN BAVE ET JE NE SAIS PAS COMMENT L'AIDER.
IL A 16 ANS, IL N'EST PLUS UN GAMIN !
SES PROBLÈMES N'EXCUSENT PAS LES PHRASES QUE JE L'ENTENDS PROFÉRER OU CET UNIFORME DE NAZI QU'IL PORTE !
45.

VOUS FAITES PARTIE DE LA RACE SUPÉRIEURE, MONTREZ-LE ! ATTAQUEZ !!!
TRiiiiii!!
JE NE VOIS AUCUN COMBATTANT ICI, JUSTE DES GAMINS QUI JOUENT À LA DINETTE !!!
ON VA LUI DONNER CE QU'IL VEUT ...

KÄMPF ! HÄRTER ! LOS, GREIF IHN AN ! SCHLAG ZU !
AAHH!!
SCHLACK!
PANK!
SCHTANK
AHH
Blut und Ehre!

TOC! TOC!
ENTREZ !
BONJOUR MADEMOISELLE ENGEL. QUE PUIS-JE FAIRE POUR VOUS ?
BONJOUR, MONSIEUR LE PROVISEUR. EST-CE QUE MA PROFESSION DE FOI A ÉTÉ TRANSMISE AUX AUTORITÉS ?
EUH...
PAS ENCORE ...
JE VEUX LA REPRENDRE.
POURQUOI DONC ?
POUR LA DÉCHIRER !
VOUS SAVEZ CE QUE ÇA SIGNIFIE ?
48

JE DOIS QUITTER LE LYCÉE...
JE PEUX GARDER CES PAPIERS ENCORE UN PEU SOUS LE COUDE AVANT DE LES ENVOYER... SI VOUS AVEZ BESOIN D'UN PEU PLUS DE TEMPS.
NON, JE VOUS REMERCIE : J'Y AI BIEN RÉFLÉCHI.
VOUS NOUS MANQUEREZ... BONNE CHANCE.

OCTOBRE 1940
ENTREZ ...
JE SAIS QUE VOUS NE NOUS AIMEZ PAS, MONSIEUR ENGEL, MAIS JE NE VOIS PAS DE QUOI VOUS VOUS PLAIGNEZ : ON ACHÈTE VOTRE PIQUETTE DE 1939 ALORS QUE PERSONNE N'EN VEUT.
VOUS RISQUEZ D'EMPOISONNER CEUX À QUI VOUS ALLEZ LA REFILER ...
N'AYEZ CRAINTE : VOTRE ALCOOL SERVIRA À FABRIQUER DE L'ANTIGEL.
MÊME LE MAUVAIS VIN SERT L'EFFORT DE GUERRE, MONSIEUR ENGEL !
HÉ !
QU'EST-CE QUE VOUS FAITES, VOUS ?!!
CALMEZ-VOUS, MONSIEUR ENGEL, C'EST JUSTE UN PEU DE MAZOUT, POUR RENDRE LE VIN IMPROPRE À LA CONSOMMATION ET ÊTRE SÛR QUE L'ALCOOL DESTINÉ AU REICH NE BOUGERA PAS D'ICI.
LE VIN, JE M'EN FOUS, MAIS CES TONNEAUX SONT DANS MA FAMILLE DEPUIS 300 ANS !!!
CELUI-LÀ EST FOUTU POUR LE VIN !!!
L'ODEUR DE MAZOUT RESTERA TOUJOURS !!!
VOUS DÉTRUISEZ DES TRÉSORS !!!
50.

18 TROU DU CUL EN ALSACIEN.
19 DEHORS ! DEHORS !

DEUTSCHLAND, DEUTSCHLAND ÜBER ALLES !!
DEUTSCHLAND, DEUTSCHLAND ÜBER ALLES, ÜBER ALLES IN DER WELT, WENN ES STETS ZU SCHUTZ UND TRUTZE BRÜDERLICH ZUSAMMENHÄLT !!
VON DER MAAS BIS AN DIE MEMEL, VON DER ETSCH BIS AN DEN BELT, DEUTSCHLAND DEUTSCHLAND ÜBER ALLES, ÜBER ALLES IN DER WELT !!!
CHAPELLERIE -SIFE-

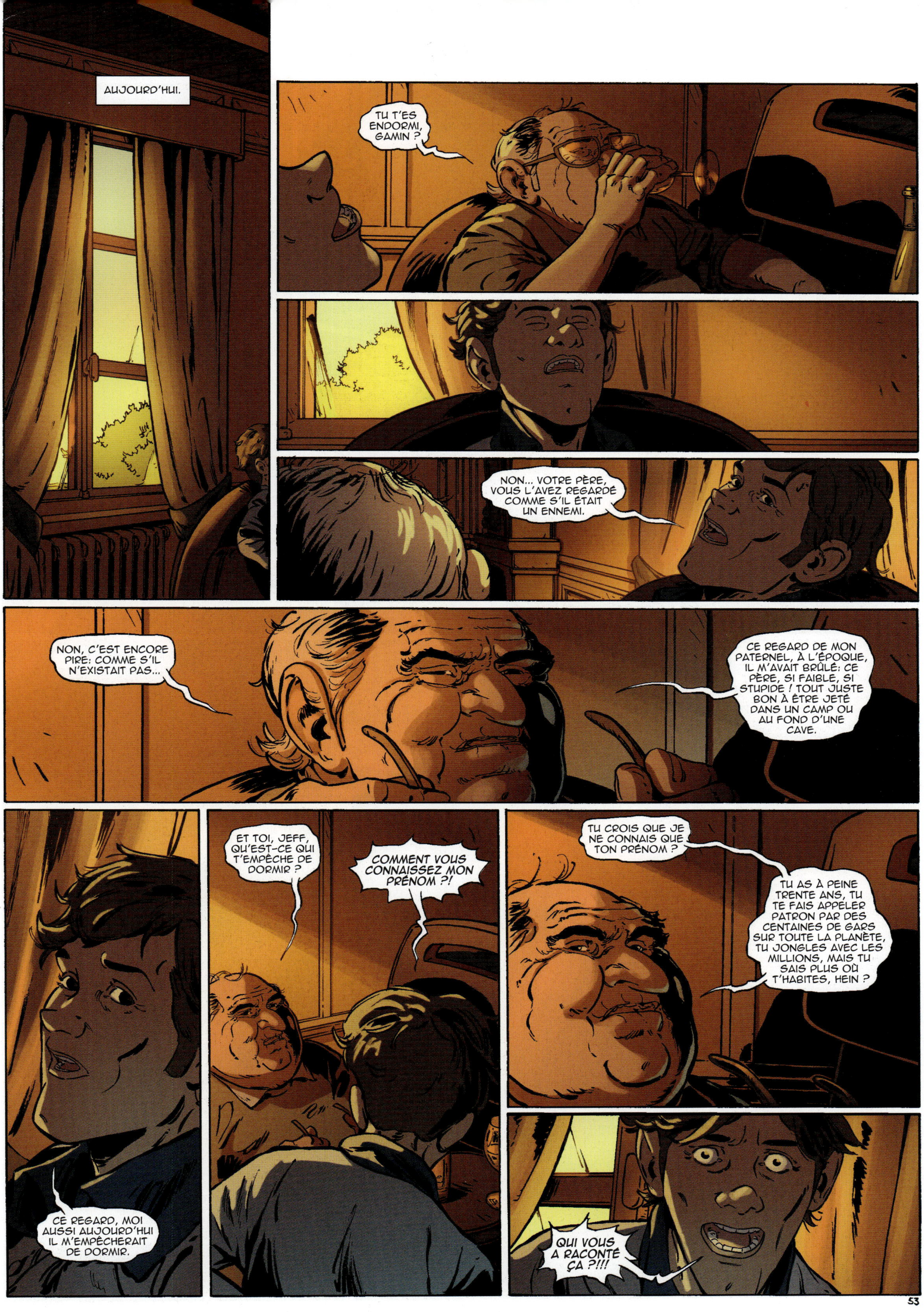
AUJOURD'HUI.
TU T'ES ENDORMI, GAMIN ?
NON... VOTRE PÈRE, VOUS L'AVEZ REGARDÉ COMME S'IL ÉTAIT UN ENNEMI.
NON, C'EST ENCORE PIRE: COMME S'IL N'EXISTAIT PAS...
CE REGARD DE MON PATERNEL, À L'ÉPOQUE, IL M'AVAIT BRÛLÉ: CE PÈRE, SI FAIBLE, SI STUPIDE ! TOUT JUSTE BON À ÊTRE JETÉ DANS UN CAMP OU AU FOND D'UNE CAVE.
CE REGARD, MOI AUSSI AUJOURD'HUI IL M'EMPÊCHERAIT DE DORMIR.
ET TOI, JEFF, QU'EST-CE QUI T'EMPÊCHE DE DORMIR ?
COMMENT VOUS CONNAISSEZ MON PRÉNOM ?!
TU CROIS QUE JE NE CONNAIS QUE TON PRÉNOM ?
TU AS À PEINE TRENTE ANS, TU TE FAIS APPELER PATRON PAR DES CENTAINES DE GARS SUR TOUTE LA PLANÈTE, TU JONGLES AVEC LES MILLIONS, MAIS TU SAIS PLUS OÙ T'HABITES, HEIN ?
QUI VOUS A RACONTÉ ÇA ?!!!
53

FIN DU PREMIER TOME